SOCIÉTÉ GÉNÉRALE

DES

EAUX DE CALAIS

ET DE

Sᵀ-PIERRE-LÈS-CALAIS

RAPPORT

DU

CONSEIL DE SURVEILLANCE

A MESSIEURS LES ACTIONNAIRES

PARIS

IMPRIMERIE DE J. DEJEY ET Cᵉ

18, rue de la Perle

1875

SOCIÉTÉ GÉNÉRALE

DES

EAUX DE CALAIS

ET DE

Sᵀ-PIERRE-LÈS-CALAIS

RAPPORT

DU

CONSEIL DE SURVEILLANCE

A MESSIEURS LES ACTIONNAIRES

PARIS

IMPRIMERIE DE J. DEJEY ET Cⁱᵉ

18, rue de la Perle

1875

SOCIÉTÉ GÉNÉRALE DES EAUX DE CALAIS

ET DE

SAINT-PIERRE-LÈS-CALAIS

RAPPORT DU CONSEIL DE SURVEILLANCE

A MESSIEURS LES ACTIONNAIRES

Messieurs,

Vivement ému à la suite d'une plainte portée au Parquet contre votre Gérant, par son ancien Secrétaire, M. Bon, et relevant à la charge de M. Léon de Guizelin des faits graves, en ce qui concerne les comptes de l'Exercice de 1874, votre Conseil de Surveillance n'a pas cru devoir, comme les années précédentes, prendre sur lui seul la responsabilité de l'examen desdits comptes, et il s'est empressé de demander votre convocation en réunion extraordinaire.

L'Assemblée générale du 2 avril écoulé, à la presqu'unanimité, et sur la proposition de votre Président, a voté l'adjonction, à votre Conseil de Surveillance, de deux de ses membres, MM. Courboin et Poumailloux, et, dès le 8 avril, nous avons procédé, avec le soin le plus scrupuleux, à l'examen de toute notre comptabilité et de toutes nos opérations de l'année 1874.

Notre comptabilité se subdivise en deux parties :

1° Comptabilité de Calais ;
2°　　—　　de Paris.

Pour ne rien changer aux choses existantes, nous avons suivi ces deux subdivisions qui, après un examen et un pointage très-scrupuleux, nous ont donné les résultats suivants :

RECETTES ET DÉPENSES DE L'EXERCICE 1874

Situation au 31 Décembre

COMPTABILITÉ DE CALAIS

RECETTES

En Caisse au 1er Janvier 1874.	4.385 51
En Janvier.	11.300 95
En Février.	6.124 10
En Mars.	7.250 20
En Avril.	9.759 35
En Mai	19.870 58
En Juin.	7.481 65
En Juillet.	12.305 50
En Août.	8.885 70
En Septembre	8.300 80
En Octobre.	10.522 70
En Novembre.	7.696 75
En Décembre.	8.894 50
TOTAL des Recettes au 1er Décembre.	122.778 29

DÉPENSES

1° *Personnel :*

Pour la Direction	6.332 50	
Pour les Machines.	4.260 »	
Pour l'Entretien.	1.334 70	16.353 60
Pour la vente d'eau au tonneau. .	1.200 »	
Pour les Embranchements. . . .	3.211 40	
A REPORTER. . . .		16.353 60

Report.	16.353	60
2° Charbons.	12.202	41
3° Machines, dépenses en dehors du personnel et du Charbon.	1.632	58
4° Entretien, dépenses en dehors du personnel. 466 88 Redevance annuelle payée au Gérant pour entretien des sources. . . . . 500 »	996	88
5° Vente d'eau au tonneau, Dépense en dehors du personnel et nourriture du cheval.	1.447	70
6° Dépenses diverses de toute nature.	1.043	25
7° Contributions pour droit sur le revenu, droit de transmission et divers	4.705	88
8° Gérance, envoi d'espèces à Paris	52.225	»
9° Embranchements pour achat et dépenses diverses. . .	7.126	33
10° Location et Mobilier.	1.556	25
11° Dépenses antérieures.	118	25
12° Constructions	472	75
13° Canalisation.	683	53
14° Banque [déposé chez le banquier Bellard].	10.099	05
15° Gratifications de toutes sortes payées au personnel.	2.765	20
Total des Dépenses.	113.398	66
Les Recettes étant de	122.778	29
Et les Dépenses de	113.398	66
Il devait donc rester en Caisse, à Calais, au 1ᵉʳ Janvier 1875.	9.379	63

COMPTABILITÉ DE PARIS

RECETTES

En Caisse au 1er Janvier 1874.	1.193	66
Espèces reçues de Calais en :		
Janvier	1.800	»
Février	1.200	»
Mars	1.200	»
Avril	1.800	»
Mai.	26.000	»
Juin	4.000	»
Juillet.	5.500	»
Août	3.500	»
Septembre	1.200	»
Octobre	1.910	»
Novembre	1.600	»
Décembre	2.500	»
Abonnement au *Journal de Calais*, payé par cette Caisse.	15	»
Espèces reçues de M. l'abbé Couchut en Août 1874. .	846	»
Remboursement ou pris en compte par suite d'erreurs reconnues et afférentes aux Exercices antérieurs . .	90	»
TOTAL des Recettes.	54.354	66

DÉPENSES

Payements arriérés des Coupons :

N° 1.	545	»		
N° 2.	715	»	3.070	»
N° 3.	1.810	»		
A REPORTER.			3.070	»

Report	3.070	»
Payements des coupons Nº 4 (Exercice 1873)	30.986	»
Jetons de présence payés au Conseil de Surveillance	640	»
Appointements du Gérant	6.000	»
Déplacements dº	912	»
Appointements et Gratifications au personnel de la Gérance	4.227	60
Location et Contributions des bureaux de la Gérance	759	35
Étrennes au facteur et à la concierge	40	»
Chauffage des bureaux de la Gérance	87	60
A la Bonne du Gérant pour entretien des bureaux	55	»
Affranchissement de Circulaires aux Actionnaires	76	40
Timbres-Poste	221	»
Frais généraux de toute espèce	606	15
Publicité et Impression de Circulaires aux Actionnaires	127	90
Réponse à la Lettre-Circulaire d'un Actionnaire à ses co-intéressés	300	»

Contentieux

1º A Mᵉ Charles	2.671 80	
2º A Mᵉ Labordère	150 »	
3º A Mᵉ Lavoignat	152 05	3.109 51
4º A Mᵉ Marangel	50 »	
5º Divers	85 66	
Location de la salle Lemardelay et achat d'un Bottin		89 10
Abonnement au *journal de Calais*		15 »
Total des Dépenses		51.322 61
Les Recettes étant de		54.354 66
Les Dépenses étant de		51.322 61
Il devait donc rester en caisse, à Paris, au 1ᵉʳ Janvier 1875.		3.032 05

(Nous disons qu'il devait rester en caisse, parce que nous sommes certains qu'à cette époque cette somme n'y était pas effectivement).

Outre ces documents pour pouvoir établir le bilan exact de l'Exercice 1874, il nous a fallu dresser le compte des charbons employés et l'inventaire des marchandises qui, achetées en cours d'Exercice, restaient en magasin à sa clôture.

SITUATION DES CHARBONS

Stock au 1er janvier 1874	68.555^k	»
Achat en Mars	100.000	»
Achat en Mai	90.000	»
Achat en Juillet	31.000	»
Achat en Août	50.000	»
Achat en Septembre	100.000	»
Achat en Décembre	140.000	»
Achat à Calais	15.000	»
Total des Achats	594.555^k	»

DÉPENSES

Charbon employé par les Machines

En Janvier	35.880^k	»	
En Février	31.475	»	
En Mars	35.535	»	
En Avril	36.450	»	
En Mai	33.250	»	
En Juin	39.360	»	
En Juillet	46.765	»	438.150^k »
En Août	41.125	»	
En Septembre	35.425	»	
En Octobre	35.125	»	
En Novembre	33.225	»	
En Décembre	34.535	»	

Charbon donné aux Employés

A Brébion	3.210^k	»	
A Ringot	2.803	»	12.263^k »
A Vandewale	3.750	»	
A de Compaigno	2.500	»	
A Reporter			450.413^k »

REPORT. . . . . 450.413^k »

CHARBON VENDU A DIVERS

A Marquant	1.500^k »	
A Robillard.	500 »	
A Joly	500 »	
A Monthuy.	500 »	
A G. de Guizelin.	8.200 »	16.700^k »
A Ch. de Guizelin.	2.000 »	
A Madame de Guizelin	1.500 »	
A Beaudouin.	1.000 »	
A d'Angerville.	1.000 »	

TOTAL des Dépenses. . . . . 467.113 »

Le Total des Achats étant de. . . . . 594.555 »

Le Total des Dépenses étant de. . . . . 467.113 »

Il devait donc rester en magasin au 1er Janvier 1875. . . 127.442^k »

Quant aux marchandises en magasin, malgré nos deux demandes adressées, l'une au Gérant et l'autre à son Agent principal à Calais, nous n'avons pu obtenir, ni détail, ni nomenclature, ni quoi que ce soit.

Pour passer outre nous avons admis un chiffre approximatif de 3.000 fr. qui assurément ne peut qu'être supérieur au chiffre réel.

Notre Bilan d'exploitation pour l'Exercice 1874, doit donc s'établir ainsi que suit :

ACTIF

En Caisse à Calais au 1er Janvier 1875.	9.379	63
En Dépôt chez Bellard, Banquier.	10.099	05
En caisse à Paris, au 1er Janvier 1875.	3.032	05
Recettes à recouvrer en 1875.	12.795	10
Complément de la créance Couchut	800	»
Charbon en magasin au 1er Janvier 1875, 127.442^k × 23 80 les 1000 kilos.	3.033	10
Marchandises en magasin, chiffre approximatif.	3.000	»
TOTAL de l'Actif.	41.638	93

PASSIF

Dividendes de 1873 non payés. . . . . 2.498 »

Traites ou factures de charbon et autres marchandises achetées en 1874 et non soldées à la clôture de cet Exercice.

1° En Janvier..	6.561 66 ⎫	
2° En Février	1.724 55 ⎬	8.308 7
3° En Mars..	22.50 ⎭	

Contentieux relatif à l'Exercice 1874 et payé en

Mars..	500 » ⎫	
Février	700 » ⎬	1.200 »

Moitié des frais du voyage du Gérant accompli en Décembre 1874 et Janvier 1875 $\frac{270}{2}$

135 »

TOTAL du Passif. 12.141 71

L'Actif étant de. 41.638 93

Le Passif étant de 12.141 71

Il resterait donc de disponible au 1er Janvier 1875.. . . . 29.497 22

Mais notre actif comprenant les 1.146 francs de la créance Couchut qui représente une partie de notre capital, il y a donc lieu de diminuer cette somme des 29.497 22 ci-dessus.

Dans ces conditions nous n'avons donc plus réellement de disponible que 29.497 22 — 1.146 =. 28.351 22

Avec cette somme de 28.351 22, il n'est pas plus possible de donner le dividende de 4.50 0/0 proposé par notre Gérant dans sa Circulaire du 22 mars 1875, que celui de 4 francs 0/0 voté par vous dans votre séance extraordinaire du 2 Avril écoulé.

Notre Gérant a donc eu tort dans sa Circulaire condamnée par votre Conseil, et qu'il s'était engagé à ne pas envoyer, de déclarer qu'il avait en caisse, provenant de l'Exercice 1874, une somme disponible de 35.370 fr. 63, puisque c'est sur son affirmation qu'un dividende de 4 0/0 a été proposé et voté par vous.

Les écritures de l'Exercice n'ayant point été contrôlées, les comptes n'ayant point été vérifiés, M. Léon de Guizelin n'aurait dû vous proposer un dividende que sauf examen.

Son affirmation formelle a obtenu de vous un vote qui, aujourd'hui, est un fait accompli *que nous regrettons et dont nous déclinons toute responsabilité.*

Telle est la véritable situation qui nous est faite. *Elle est dangereuse, très-dangereuse même, puisqu'elle peut amener le désordre dans les finances de notre Société.*

Sans discussion aucune des dépenses qui nous ont été soumises, nous voyons déjà qu'en continuant à suivre *les errements* du passé, jamais nous ne pourrons :

1° Former un fonds de réserve ;

2° Amortir notre capital ;

3° Lui desservir régulièrement 5 francs pour cent d'intérêt, *puisque bien que nos recettes augmentent, nous voyons chaque année nos bénéfices diminuer.*

C'est cet état de choses qui, aux termes mêmes de la mission que vous nous avez confiée, nous a amenés à examiner de plus près la gestion de notre Gérant *et à constater avec peine qu'elle ne s'opérait pas toujours au mieux de nos intérêts.*

En effet, à Calais, que constatons-nous :

1° Un personnel beaucoup trop nombreux, qui nous coûte annuellement. 16.353 60

2° Des gratifications allouées à ce même personnel pour son dévouement et son zèle à notre Société, s'élevant à. 2.765 20

Ne croyez-vous pas, Messieurs, que le dévouement dont nous avons fait preuve en apportant notre argent à une Société encore dans l'enfance, et que le zèle que nous avons mis à attendre un dividende qu'une réduction de la moitié de notre capital nous permet encore à peine d'espérer régulièrement, ne sont pas au moins égaux à ceux de nos employés ?

3° Un loyer de.. . . . .   1.556 25

Qui soit disant sert à nos bureaux, mais qui, en réalité, n'a pour but que de loger une partie de nos employés et de leur famille.

4° Une dépense annuelle de charbons pour fonctionnement de nos machines qui s'élève à 438.150 kil. et représente une somme de.. . . . .   12.202 41

A ce sujet, permettez-nous une réflexion.

Cette dépense annuelle de 438.150 kil. correspond à une dépense journalière de

$$\frac{438.150 \text{ kil.}}{365} = 1.200 \text{ kil.}$$

Soit 100 kil. par heure pour une marche moyenne de douze heures par jour.

Or, renseignements pris, des machines très-ordinaires. ne dépensant que 2 kil. à $2^k 500$ par heure et par force de cheval, cette dépense de 100 kil. par heure laisserait donc supposer que nous employons pour notre élévation d'eau une force de 40 chevaux, tandis qu'en réalité elle n'est que de 8 chevaux (nous dit-on).

5° Nous constatons enfin pour Calais que notre Gérant vend à sa famille à ses connaissances et amis une certaine quantité de charbon. (16.700 kil.) à un prix inférieur à notre prix de revient.

C'est cette largesse qui, en décembre 1874, pour ne pas voir nos machines s'arrêter, a mis notre Gérant dans la nécessité *d'acheter à Calais* 15.000 *kil. de charbon au prix de 29 francs, tandis que la même quantité n'avait été cédée qu'au prix moyen de 24 fr. 50.*

Nous devons également vous dire que nous élevons par jour 1 million 200.000 litres d'eau environ, et qu'il ne nous en est payé que 6 à 700.000 litres, comprenant les 15.000 litres que nous sommes tenus de fournir à notre Gérant.

Nous supposons que ce dernier chiffre doit être dépassé, et c'est pourquoi nous vous proposons de placer, comme chez la plupart de nos abonnés, un compteur pour savoir exactement quelle est la quantité d'eau prise par M. Léon de Guizelin.

A PARIS.

Nous voyons que notre Gérant qui, aux termes de l'article 14 de nos Statuts, doit tout son temps à notre Société, entretient :

1° Un état-major qui nous coûte annuellement 4.227 fr. 60 c.

2° Qu'il s'affecte pour ses voyages et déplacements à Calais, 912 + 135 = 1.047 fr.

3° Que notre bureau supplémentaire (qui n'est qu'un boyau), bien que faisant partie des appartements de notre Gérant, nous coûte annuellement 759 fr. 35 c.

4° Que nous dépensons en moyenne chaque année, en timbres-postes, 221 fr.

5° Et enfin que les conseils judiciaires de M. Léon de Guizelin grèvent notre Société d'une somme de 3.109 51 + 1.200 = 4.309 fr. 51 c.

Tous les payements effectués étant accompagnés de reçus, il n'y a donc pas à revenir sur ces versements.

Cependant devons-nous accepter :

1° Que tous les frais payés à Mᵉ Charles, entre autres, restent à la charge de notre malheureuse Société.

C'est ce que la teneur exacte des reçus y relatifs et détaillés ci-après vous démontrera.

N° 1. Le 27 janvier 1874 :

Payé à Mᵉ Charles, pour recherches au Tribunal de commerce, 15 fr.

N° 2. Le 21 mars 1874 :

Payé à Mᵉ Charles, pour honoraires et conseils sur la réponse à faire à l'écrit de MM. Lavril et Poumailloux, etc..... et comptes à présenter aux Actionnaires (Exercice 1873), 400 fr.

N° 3. Le 31 mars 1874 :

Payé à Mᵉ Charles, pour conseils-affaires de la Société des Eaux de Calais, 140 fr.

N° 4. Le 1ᵉʳ avril 1874 :

Payé à Mᵉ Charles, pour honoraires d'un voyage à Calais (pour examen de la comptabilité), 300 fr.

N° 5. Le 8 avril :

Payé à Mᵉ Charles, pour les honoraires et conseils divers (affaire des eaux de Calais), 100 fr.

N° 6. Le 23 avril :

Payé à Mᵉ Charles, à valoir sur ses honoraires pour aller plaider à Calais l'affaire Lavril et Poumailloux (CETTE AFFAIRE N'A JAMAIS ÉTÉ PLAIDÉE), 300 fr.

N° 7. Le 30 avril :

Payé à Mᵉ Charles, à valoir sur ses honoraires (affaire Lavril-Poumailloux), 50 fr.

N° 8. Le 9 mai :

Payé à Mᵉ Charles, à valoir sur ses honoraires (affaire Lavril-Poumailloux), 50 fr.

N° 9. Le 13 mai :

Payé à Mᵉ Charles, pour solde de ses honoraires (affaire Lavril-Poumailloux), 100 fr.

N° 10. Le 15 mai :

Payé à Mᵉ Charles, pour conseils sur la réponse à faire à une lettre insérée dans la Revue financière, 50 fr.

N° 11. Le 23 avril :

Payé à Mᵉ Charles, pour recherches au Tribunal de commerce (remboursement), 16 fr. 80 c.

N° 12. Le 23 mai :

Payé à Mᵉ Charles, à valoir en compte (Sur quoi ?), 50 fr.

N° 13. Le 30 juin :

Payé à Mᵉ Charles pour honoraires (non spécifiés), 125 fr.

N° 14. Le 8 juillet :

Remis à Mᵉ Charles, pour honoraires et plaidoiries (l'affaire n'est pas désignée, mais nous pensons qu'elle se rapporte à l'affaire Debonnelle), 250 fr.

N° 15. Le 22 juillet :

Remis à Mᵉ Charles, pour plaidoirie (affaire abbé Couchut), 200 fr.

N° 16. Le 14 août 1874 :

Remis à Mᵉ Charles, pour honoraires complémentaires (affaire de M. l'abbé Couchut, et conseils sur les débiteurs qui se trouvent dans une situation identique à celle de M. l'abbé Couchut, 125 fr.

N° 17. Le 27 octobre :

Payé à Mᵉ Charles, pour conseils (affaires Gauthier, Gondouin, Sida et Bracquart, 50 fr.

N° 18. Le 16 novembre :

Payé à Mᵉ Charles, à valoir sur ses honoraires de plaidoirie (affaire Debonnelle, à Douai), 200 fr.

N 19. Le 23 décembre :

Payé à Mᵉ Charles, pour complément de ses honoraires (affaire Debonnelle), 150 fr.

N° 20. Le 5 mars 1875 :

Payé à Mᵉ Charles pour conseils et travaux divers pour difficultés survenues avec l'ancien secrétaire Bon et dans son administration, 500 fr.

Pensant que vous partagerez notre opinion, nous vous proposons de

laisser au compte de notre Gérant *les sommes spécifiées sous les numéros* **1,
2, 3, 4, 5, 6, 7, 8, 9, 10, 12, 13, 16, 17** et **20**; soit ensemble
2.455 francs, que nous ne trouvons pas assez justifiés pour les accepter.

En effet, si pour sa gestion, pour sa responsabilité personnelle, M. Léon
de Guizelin, que nous payons 6.000 francs par an, a besoin de conseils
judiciaires pour la rédaction de ses lettres et de ses circulaires, il doit seul
en supporter les conséquences.

2° Que les séjours trop fréquents et trop prolongés de notre Gérant à
Guines soient entièrement à la charge de notre Société :

*La correspondance même de M. Léon de Guizelin. — Le procès qu'il a
eu personnellement à soutenir à deux reprises différentes, à Boulogne, aux
époques mêmes où il accomplissait certains des voyages qu'il s'est fait rem-
bourser, nous font un devoir de vous proposer de lui laisser pour compte,
moitié des* (912 + 135) = 1.047 *francs qui figurent de ce fait au passif de
notre Société.*

Si, aux 2.455 francs non justifiables du conseil judiciaire, d'une
part, et aux $\dfrac{1047}{2}$ = 523 50 des déplacements de notre Gérant, d'autre
part, nous ajoutons les deux annuités de 100 francs l'une, soit 200 francs,
qui nous sont dues, aux termes mêmes d'une transaction intervenue entre
M. Léon de Guizelin et notre Société, pour eau conduite et desservie dans
sa propriété (*ces* 200 *francs, que notre Gérant aurait dû verser à notre
Caisse, ne figurent pas aux recettes*), nous obtenons ainsi une somme totale
de 3.178 fr. 50 c., qui sera portée après votre acceptation à son débit, et
viendra ainsi augmenter les fonds disponibles pour notre dividende de
1874

Nous aurions pu encore, étant plus minutieux, *vous entretenir des
timbres-poste employés pour la correspondance de notre gérance, et des
courses dans Paris, qui ne figurent que pour une somme de 27 fr. 20,
dans la circulaire de notre gérant du 22 mars écoulé,* tandis qu'en réalité
elle est de beaucoup plus importante, mais dans la crainte de vous impor-
tuner de notre parcimonie nous préférons nous abstenir.

En un mot, et pour en terminer avec les comptes de Paris, nous
devons vous dire, que l'examen des livres ne nous a pas donné satis-
faction.

*La main courante porte la trace de nombreux grattages, errata, etc.....
Ce qui indique une irrégularité dans le mode de passer les écritures.*

Le brouillard porte des sommes avancées à notre Gérant, sans que l'AVOIR, de notre Caisse, n'en accuse le remboursement.

Nous portons ces faits à votre connaissance, sans les commenter, vous laissant seuls juges, Messieurs, de décider si votre Gérant, malgré sa responsabilité personnelle, a bien ou mal fait d'emprunter à notre Caisse des sommes qui, aux termes mêmes de la loi, sont inviolables et ne doivent servir qu'aux besoins de notre Société.

Ayant terminé l'examen des comptes et des écritures, nous croyons devoir maintenant vous soumettre les économies que nous croyons, sauf votre avis et examen postérieurs, réalisables, en prenant pour base les dépenses effectuées en 1874.

1° CALAIS.

Suppression de la location de la maison affectée aux bureaux. 1.556 26
   (Cette maison dont vous avez refusé l'acquisition, qui vous a été proposée n'a aucune utilité. Nos bureaux peuvent très-bien être transportés à Saint-Pierre dans un des pavillons construits primitivement à cet effet).

Suppression d'un employé secondaire aux écritures. . . . 960 »

Suppression de l'un des ouvriers payés annuellement . . . 1.320 »

Suppression du second aide-chauffeur . . . . 900 »

Suppression radicale et jusqu'à nouvel ordre de toute gratification aux employés. 2.765 20

Économie à réaliser sur le combustible de nos machines (chiffré minimum) . . . . 5.000 »
   (Cette économie ne sera réalisable que suivant la décision que vous prendrez relativement à ces engins).

   TOTAL des économies pour Calais 12.501 46

2° PARIS.

En supprimant complétement les bureaux de la Gérance, qui n'ont aucune utilité pour notre Société, nous pouvons réaliser les économies suivantes :

Appointements et gratification aux emplôyés 4.227 60

Location et contributions 759 35

Étrennes au concierge et au facteur, chauffage des bureaux
  et entretien par la bonne du Gérant. 182 60

Timbres-poste. . . . .   221 »

Frais généraux de toute nature. 606 15

Contentieux divers. . . . .   4.309 »

Voyages de notre Gérant. . . . .   1.047 »

   TOTAL des économies pour Paris 11.352 70

Les économies réalisables étant pour Calais de. 12.501 46

   —   —   Paris de. 11.352 70

C'est donc une somme de 23.854 16

qui pouvant chaque année être ajoutée à nos bénéfices, nous permet d'envisager plus gaiement l'avenir.

Si vous adoptez les économies de 24.000 *francs environ que nous vous proposons, et en les réduisant même à une somme moindre, nous pourrons ainsi avoir tous les ans :*

1° *Un dividende fixe de* 5 0/0.

2° *Former un fonds de réserve et d'amortissement.*

Tels sont, Messieurs, les faits généraux les plus saillants qu'un examen attentif et minutieux de vos écritures, nous a fait un devoir de vous signaler et de soumettre à votre appréciation.

Nous aurions bien voulu ne pas vous entretenir de faits en dehors de notre comptabilité ; mais l'engagement tacite que nous avons pris envers vous, en acceptant la mission de confiance que vous avez bien voulu nous confier, nous fait un devoir de ne pas terminer notre rapport sans vous parler de deux faits qui nous ont paru assez importants pour n'être pas passés sous silence.

Nous voulons parler :

1° De la transaction Syda.

2° De la cote toujours descendante donnée à nos malheureuses actions.

1° TRANSACTION SYDA.

MM. Couchut, Salmon et Bracquart, avaient souscrit autrefois un certain nombre d'actions de notre Société, dont les titres définitifs leur avaient été remis avant leur entière libération.

A cette époque, M. Clergeau fut mis en faillite, et M. Copin nommé syndic, eut dès le début une procédure très-longue avec notre Gérant.

A la suite de cette procédure une transaction intervint entre M. Copin et L. de Guizelin, par laquelle, tous frais cessant, M. Copin versait à notre Gérant une certaine somme, en échange d'un engagement pris par ce dernier de ne plus inquiéter la faillite Clergeau ni ses ayants droit.

La faillite arrivant à sa liquidation, M. Copin mit alors en adjudication une certaine quantité de créances (entre autres celles de MM. Couchut, Salmon et Bracquart et celle de la Société de Charbonnage Hanicotte, Galland et Cᵉ) qui furent adjugées à M. Syda.

Ce dernier intenta tout d'abord une action contre M. l'abbé Couchut à l'effet d'obtenir de lui le remboursement des 1.146 francs formant le solde de ses versements actions.

Notre Gérant apprenant cette procédure, intervint aussitôt en réclamant, comme due à notre Société, la somme réclamée à M. Couchut.

Après bien des considérants, le tribunal de Langres, reconnaissant la justesse de notre réclamation, nous donna, d'une manière éclatante, gain de cause contre le détenteur Syda, et les 1.146 francs qui figurent cette année à notre actif nous furent restitués.

Ce premier pas fait, il ne nous restait donc plus qu'à réclamer, à MM. Salmon et Bracquart, les 1.200 francs environ qu'ils devaient pour la même cause à notre Société.

Pourquoi cela ne fut-il pas fait? Pourquoi une transaction intervint-elle entre MM. Léon de Guizelin et Syda. C'est ce que, sans commentaires, nous allons vous exposer.

Nous vous avons déjà dit plus haut que M. Syda était détenteur d'une créance sur la Société de charbonnage Hanicotte, Galand et Cᵉ.

M. Léon de Guizelin, intéressé dans cette Société, et désireux de posséder la créance de 85.000 francs adjugée à M. Syda, vint proposer à ce dernier de la lui acheter au prix de 1.000 francs payables à un an. — Prenant à sa charge l'avance de tous les frais de poursuites, et s'engageant à partager les bénéfices, déduction faite de tous frais.

1/3 à M. Syda.

2/3 à M. Léon de Guizelin.

M. Syda voulut bien accepter ces offres, *mais à la condition qu'en compensation M. Léon de Guizelin lui céderait les créances Salmon, Bracquart, dont il poursuivrait le remboursement certain, à charge par lui de verser à notre Société, déduction faite des frais, moitié de ces créances.*

Tel est le résumé de cette transaction, dont font mention les lettres Syda du 26 octobre 1874, et Léon de Guizelin du 27 du même mois.

Nous soumettons cette affaire à votre haute appréciation en vous priant de nous faire savoir :

Si nous devons accepter les faits accomplis en dehors de notre Conseil, ou si nous devons laisser à M. Léon de Guizelin seul, la responsabilité d'un pareil acte.

2° COTE DE NOS ACTIONS

Lorsqu'après votre Assemblée générale extraordinaire du 4 octobre 1871, il fut procédé au remplacement de deux titres anciens contre un nouveau, votre Conseil de Surveillance, pour favoriser cet échange, autorisa votre Gérant à servir officieusement d'intermédiaire aux actionnaires porteurs d'un nombre impairs de titres.

Le rôle de votre Gérant, en cette circonstance, devait se borner à faire connaître cette mesure à nos co-intéressés et à offrir gratuitement ses services à ceux d'entre nous qui voulaient y avoir recours.

Pourquoi, dès le début de ces opérations, nos actions furent-elles cotées 65 francs ?

Pourquoi l'année suivante ne valurent-elles plus que 55 francs?

Et pourquoi, en fin de compte, sont-elles arrivées à ne plus valoir que 43 francs?

Rien ne pouvant justifier une pareille dépréciation, *au moment même où notre Société voit chaque année ses abonnements et ses recettes augmenter,* nous vous prions, Messieurs, de vous joindre à nous pour demander à votre Gérant les explications nécessaires à l'éclaircissement d'un fait qui nous paraît inexplicable.

Nous appelons également votre attention sur l'inexécution de l'article 16 des Statuts qui prescrit le dépôt, dans la caisse du notaire de la Société, de 50 actions inaliénables affectées à la garantie de la gestion du Gérant.

M. de Guizelin n'a jamais effectué ce dépôt, malgré les observations qui lui ont souvent été faites par votre Conseil de Surveillance.

En conséquence de tout ce qui précède, vous êtes convoqués en Assemblée générale extraordinaire le jeudi trois juin, à deux heures de relevée, salle Lemardelay, rue de Richelieu, n° 100, pour entendre la lecture du Rapport de votre Conseil de Surveillance sur les comptes du Gérant, pour l'Exercice 1874, et prendre telle mesure que vous croirez convenable au point de vue de nos intérêts.

Nous devons vous rappeler, Messieurs, que, conformément à l'article 30, deuxième paragraphe de nos Statuts, modifié dans l'Assemblée générale extraordinaire du 2 avril écoulé, tout actionnaire, pour faire partie de cette Assemblée, devra être propriétaire au moins de dix actions nouvelles ou de vingt actions anciennes, et avoir déposé ses titres, contre reçu, trois jours avant l'Assemblée, dans les bureaux de notre Société, rue de Valenciennes, n° 1, à Paris.

Recevez, Messieurs, l'expression de nos sentiments distingués et dévoués.

> BOULANGER, Propriétaire, Président du Conseil de Surveillance, 7, rue Bernouilli, à Paris;
>
> D. LÉGER, Curé de Vaujours (Seine-et-Oise), Membre du Conseil de Surveillance;
>
> G. RENARD, Propriétaire, Membre du Conseil de Surveillance, à Saint-Ouen (Seine), gare de Saint-Ouen;
>
> LÉPICIER, Vicaire à Notre-Dame-de-Paris, quai Napoléon, 7, Membre du Conseil de Surveillance;
>
> NOZEUX, Propriétaire, rue des Rigoles, 114, Membre du Conseil de Surveillance;
>
> G. POUMAILLOUX, Ingénieur, 13, avenue Victoria;
>
> F. COURBOIN, Avocat, 14, rue de Cléry.

NOTA. — Avant de clore ce Rapport, le Conseil de Surveillance a voulu en donner communication à notre Gérant.

En conséquence, celui-ci a été invité à assister à la Séance du Conseil, tenue le 13 mai à son domicile, mais il n'a pas cru devoir se rendre à cette invitation, et il a chargé son Secrétaire de le représenter.

Le Conseil doit ajouter que M. Léon de Guizelin, depuis à peu près le commencement du travail de la Commission, s'est retiré dans sa famille, et qu'il a délégué, à Paris, ses pouvoirs de Gérant à un employé encore trop nouveau dans notre Administration, et ne pouvant, par conséquent, fournir les explications nécessaires touchant les faits relatés dans le Rapport, et bien antérieurs à son entrée à la Gérance.

Cet employé a, en effet, refusé d'entendre la lecture du Rapport et le Conseil n'a pu que protester contre ce procédé, se réservant d'envoyer au Gérant, en temps utile, un exemplaire de ce Rapport.

Dans les graves circonstances que nous traversons, nous croyons devoir vous donner ci-dessous les adresses des principaux Actionnaires, résidant à Paris, à qui vous pourrez confier vos pouvoirs, après avoir fait déposer vos titres à la Gérance, trois jours avant l'Assemblée, conformément aux modifications qui viennent *d'être introduites* dans les Statuts :

M. l'Abbé MIGNE, 127, chaussée du Maine ;

M. l'Abbé RAYMOND, Prêtre retiré, 3, avenue de Longchamps ;

M. l'Abbé DEMUR, Vicaire à l'Église Saint-Leu, 282, rue Saint-Denis ;

Madame de LAVIEILLEUSE, Rentière, rue Godot-de-Mauroy, 12 ;

Madame veuve DUPONT-DELPORTE, 103, rue de Saint-Lazare ;

M. BROCARD, Banquier, 7, rue Vivienne ;

M. DUPUIS, Négociant, 1, rue de Poissy ;

M. BONNEMENT, Directeur de la *Revue financière,* 24, rue de Dunkerque ;

M. FAURE, Secrétaire des agents de change, 6, rue Ménars;

Madame veuve LAPIERRE. 4, rue de la Plaine ;

Madame veuve LACHÉNÉE, 220 *bis,* avenue Daumesnil ;

Mademoiselle LUCET, 17, rue du Petit-Carreau, chez M. Rousseau ;

M. CREMNITZ, 24, rue Spontini ;

M. LAMBERT, Propriétaire, 86, boulevard du Port-Royal ;

M. Henry, 21, avenue de l'Observatoire;

M. Bouin, Menuisier, 27, rue Stephenson;

M. Debonnelle, 35, rue de la Gaîté;

M. Debaurain, 21 ou 31, rue Boulard;

M. Raynier, Commissaire de police, 233, rue Lecourbe;

Madame veuve Paté, 10, quai du Louvre;

M., Mariage, 48, rue des Martyrs;

M. Boldorini, 19, rue Hauteville;

M. Chiniard, 91, rue du faubourg Saint-Antoine.

Paris, ce 14 mai 1875.

PARIS. — J. DEJEY ET Cⁱᵉ, IMPRIMEURS, 18, RUE DE LA PERLE.

www.ingramcontent.com/pod-product-compliance
Lightning Source LLC
Chambersburg PA
CBHW061746180626

46818CB00006B/2776